LA

LIBERTÉ DE LA PRESSE

PETIT DRAME SANS AMOUR

EN RIMES AVENTUREUSES.

ARRAS

IMPRIMERIE EUG. CARLIER et Cie

4, RUE DU LARCIN, 4

1881

LA

LIBERTÉ DE LA PRESSE

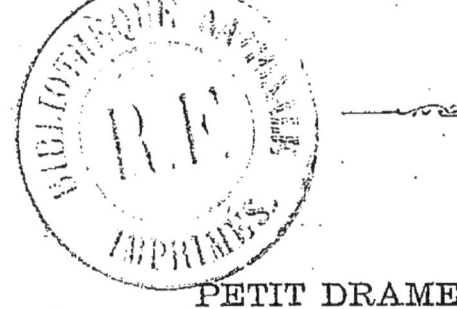

PETIT DRAME SANS AMOUR

EN RIMES AVENTUREUSES.

ARRAS

IMPRIMERIE EUG. CARLIER ET Cⁱᵉ

4, RUE DU LARCIN, 4

1881

PERSONNAGES :

LA FRANCE.
LA RÉPUBLIQUE.
DES ROUGES.
DES BLANCS.
UN NOIR.
DES BLEUS.
LA FOULE.

L'action se passe où l'on voudra.

LA LIBERTÉ DE LA PRESSE

PETIT DRAME SANS AMOUR EN RIMES AVENTUREUSES

La rime est une esclave et ne doit qu'obéir.
(Art poétique du passé).

Tout est libre aujourd'hui, doit l'être aussi la rime.
(Art poétique de l'avenir).

SCÈNE I

LA FRANCE, LA RÉPUBLIQUE, UN ROUGE

LA FRANCE

Aux ennemis laisser entière liberté,
Montrer spontanément confiance et fierté,
République, c'est beau ! Mais quelles avalanches
— Noires inventions, effroyables propos —
Vont des plus hauts sommets te tomber sur le dos !
De salut as-tu fait provision de planches ?

LA RÉPUBLIQUE

Le peuple veille. Ont beau lui montrer pattes blanches,
Tous les gens de la haute.... et même les Frocards :
Connu ! dit-il... Passez, et place aux francs-Picards !
Et vous dont la parole est logique et mordante,
Libéraux, attisez votre ironie ardente.
Sus donc ! Acharnez-vous sur la tête des sots,

Savonnez fortement ces encrassés visages,
Frottez, frictionnez ces trop brumeux cerveaux :
On a vu quelquefois des sots devenir sages.

UN ROUGE (*ancien marin*)

Bravo ! Cent fois merci de la permission !
Daubons ! C'est accordé. Frères, à la rescousse !....
De vaincre, nous avons la noble mission.
Déployons notre voile et qu'un bon vent nous pousse.

SCÈNE II

DES BLANCS, DES ROUGES

UN BLANC (*enragé*)

Quoi ! des buveurs de sang, quoi ! d'insignes larrons,
Oseraient contre nous aboyer et nous mordre.....
Arrière, pétroleurs, artisans de désordre !

UN ROUGE (*calme, à cheval sur les convenances*)

Paix ! Monseigneur le Duc... Paix ! Messieurs les Barons.
Vous, les honnêtes gens — du moins vous nous le dites,
Vous pouvez vous servir de ces armes maudites....
Injure, Calomnie !.... Oh, c'est petit, bien bas !
L'Ordre Moral rougit, votre blason se voile.
Cherchez d'autres engins ou cessez vos combats,
Et sur vos vieux tréteaux, faites baisser la toile

UN BLANC (*fort belliqueux*)

Jamais ! Nous désarmer !... Nous fidèles au Lys,
Ne plus oser combattre un odieux régime
Qui n'a ni Dieu, ni Roi, qui respire le crime...
Dans tes plis, drapeau blanc, soyons ensevelis !

UN ROUGE (*doux et raisonnable*)

Pas de tragique.... oh non ! Vivez.... mes gentilshommes !
A servir le pays employez vos moyens,
Et soumis à ses lois, comme nous citoyens.
Contentez-vous, Messieurs, d'être ce que nous sommes.

UN BLANC (*de vieille roche*)

Horreur ! nous... confondus dans les rangs des vilains,

Quand de tant de hauts faits tous nos fastes sont pleins !....
Aïeux.... réveillez-vous.... frémissez de colère !

UN ROUGE (*qui sait un peu d'histoire*)

Vos fastes ?... Oui vraiment, d'histoire quelque peu,
Fera bonne figure, entrant dans notre enjeu.
L'histoire nous dit vrai ; souvent elle est sévère :
Bien longtemps on la voit pleine de vos grands noms :
Vous datez de fort loin : votre noble origine
Aux populations n'apparut point divine :
Vos actes vous ont fait d'exécrables renoms,
Vous tuïez les parents, vous ravissiez leurs filles ;
La terre était à vous ; en vos mains, tout pouvoir ;
Heureux pères, vous seuls possédiez vos familles :
Au misérable serf — aucun droit, nul avoir.....
Bêcher, suer, gémir.... et vous suivre à la guerre.
C'était son lot :... mille ans d'une atroce misère !

UN BLANC

Mensonges, faussetés !

UN AUTRE BLANC

Misérables fauteurs
De troubles, de forfaits, c'est ainsi qu'à l'école
Vous enseignez l'enfant !

UN TROISIÈME BLANC

Proscrits... nos bons auteurs !

UN AUTRE ENCORE

Loriquet... tu n'es plus !.... Reviens, prends la parole
Et venge-nous devant ce peuple endoctriné !

LE ROUGE (*qui fait un peu d'histoire.*)

Par vous, aux temps passés, le mal a dominé ;
A vous seul souriait l'insolente fortune ;
Le beau comme le bon vous était destiné ;
De dédain vous frappiez toute plainte importune.
Enfin Voltaire vint... et puis Quatre-Vingt-Neuf,
Deux volcans d'où sortit du terrible.... du neuf.
Libre, la France vit, emportés sur la lave,
Trône, chaînes, blasons, oripeaux et castels,
Immense amas d'abus, épouvantable épave.
Sort fatal ! rien n'est stable au séjour des mortels !

L'épave reparut... mais toute délabrée ;
Un souffle libéral l'eut bientôt effondrée.

   Votre règne est fini. Vous le pleurez encore
Barons : permis à vous, c'était votre âge d'or.
Mais alors étiez-vous des hommes bien honnêtes ?....

SCÈNE III

UN ROUGE, UN NOIR

     LE ROUGE, (*appuyé contre un pilier et parlant bas*)

Que clame-t-il là haut sur plus de trois cents têtes ?
Quel geste échevelé ! Quels élancements d'yeux !
De ses poings opulents il ébranle sa chaire ;
Ses bras font télégraphe en s'élevant aux cieux ;
Sa voix tonne, et puis baisse.... ici rauque et là claire :
Règnent dans l'assemblée et silence et stupeur ;
Dévots baissent le front et se signent de peur.
Il dit :

LE NOIR

   Les temps prédits sont arrivés, mes frères,
L'Antéchrist a paru ; Satan souffle partout,
On a déjà fermé nos maisons de prières ;
On chasse nos savants, nos pieux, nos bons pères ;
Demain plus une croix ne se verra debout :
Dieu, mes frères, Dieu même est banni de l'école ;
La foi, serait-il vrai ? de tous les cœurs s'envole.
République, c'est toi qui cause nos tourments ?
Ne médites-tu pas l'infernale entreprise
De miner, d'ébranler jusqu'en leurs fondements,
Notre religion, notre mère l'Eglise ?
Tu t'en défends en vain : on connaît les serments
De ces bons francs-maçons, tes dignes acolytes.
Et des libres-penseurs, tes fervents prosélytes.
Oui, mes frères, Satan, libéraux, francs-maçons
Francs-penseurs... c'est tout un... des damnés, des démons ?
Grand Dieu, vois nos dangers ! Cette tourbe foisonne
Au dedans, au dehors, à la ville, au hameau,

Bravant tout, souillant tout, ne respectant personne.
Chrétiens, ceignons nos reins... Garde-toi, cher troupeau !

LE ROUGE (à part)

Tudieu ! ce doux pasteur proprement nous habille ?
Sans riposte faut-il tout entendre en ce lieu ?

LE NOIR (continuant)

Nous, prêtres innocents, nous ministres de Dieu,
Si vous les en croyez, nous troublons la famille,
La mère n'ose plus nous confier sa fille...

LE ROUGE (à part)

Ni son petit garçon.... Ah, ah ! nos tribunaux
Sur ce point ont rendu maint arrêt authentique....
Va ton train, mon bon, va !

LE NOIR (continuant)

Détestables journaux,
Et toi qui les soutiens, infâme République,
Et vous, libres-penseurs, ses suppôts infernaux,
Nos vœux de chasteté, de vertu sacré gage,
N'arrêteront-ils pas votre impudique rage ?
Dans quel temps vivons-nous !... Abomination !

LE ROUGE (à part)

Vos vœux sont insensés, la loi de la nature
Ne prescrit-elle pas à toute créature
De ne point négliger sa reproduction ?
Mariez-vous !

LE NOIR (continuant).

Bien plus, vous le voyez, mes frères,
Ont-ils quelque respect pour nos divins mystères ?
Devant toi tremblent-ils, Auguste Trinité ?
Et toi, mort sur la croix pour le salut du monde,
N'es-tu pas renié dans ta divinité ?
Jésus, vois les élans de notre foi profonde :
Pardon, pardon pour eux ! Savent-ils ce qu'ils font ?
Et vous, reine des cieux, vous, mère et toujours Vierge,
Voit-on qu'à votre autel ils vont brûler un cierge ?
Leur offensant dédain m'attriste et me confond.

LE ROUGE (*à part*)

A ta plainte pieuse en deux mots on répond ;
Ta Marie enfanta... Vierge elle est tout de même !....

LE NOIR (*continuant*)

Ils fuient nos sacrements. Attendez un blasphème,
Si vous touchez un mot du paradis perdu.
Adam mangea d'un fruit : Dieu l'avait défendu.
Nous lavons ce péché par les eaux du Baptême.
O mes frères, croyez ! Sans ce grand Sacrement,
Tous en Enfer, oui, tous !

LE ROUGE (*à part*)

　　　　　Dieu bon, tu damnes l'homme
Pour avoir grignoté la moitié d'une pomme !....
Ils se moquent de toi... du monde mêmement !

LE NOIR (*continuant*)

Epargnent-ils au moins la sainte Eucharistie ?
Des pervers rien ne peut arrêter la fureur,
O mes frères, l'un d'eux a craché sur l'hostie !
Au siècle des Nérons vit-on pareille horreur !

LE ROUGE (*à part*)

Cracheur et sermonneur, tous deux à bien le prendre,
Se valent : l'un d'eux ment ; l'autre est un polisson.
Précieux sens commun, don divin, ô raison,
Dans tes égarements si bas peux-tu descendre !

LE NOIR (*continuant*)

Fuyons tous au désert ! Est-ce qu'un vrai chrétien
Pourrait t'aimer encor, France impie et cruelle !

LE ROUGE (*à part*)

S'ils partaient tout de même.... Oh ! la bonne nouvelle !

LE NOIR (*se reprenant*)

Non, mes frères, restons. Jésus notre soutien,
Fera dans peu de jours éclater sa puissance ;
Prions, vers lui tendons nos suppliantes mains ;
Qu'un miracle étonnant signale sa présence :
Un miracle de lui frappera les humains,
A Lourdes tout va bien, de même à la Salette ;
Un cœur ardent se voit à Paray-le-Monial ;
On bénit Alacoque, on vante Bernadette :

Est-ce assez ? Grand Dieu, non ! C'est mesquin, c'est banal ;
Pour courber l'homme il faut du grand, du colossal.

Aux hébreux fugitifs pour ouvrir un passage,
De la Mer Rouge Dieu d'un mot fendit les eaux ;
A pied sec tout passa : peuple, butin, bagage....

LE ROUGE (*à part*)

Franchir toute une mer sans barques ni bateaux,
Et non pas sur un pont, et non pas à la nage,
Et non pas en volant comme font les oiseaux.
Ni comme fit Jésus qui marcha sur son dos :
Prodige renversant !

LE NOIR (*continuant*)

Jésus, ton divin père,
Des mains de Pharaon sut tirer Israël.
Tu nous vois à genoux, tu vois notre misère,
Viens, Jésus, sauve-nous des enfants d'Ismaël ;
Fais luire à tous les yeux ta puissance divine ;
Coupe en deux l'Océan par un large chemin,
Tout droit vers l'Amérique où notre foi domine,
Et qu'on puisse y marcher dès l'instant, dès demain :
Que cent processions comme en nos jours de fête,
Cierges, ciboire, dais, bannières, croix en tête,
Cortèges trois fois saints de moines expulsés,
Capucins, Récollets, Oblats, Pères jésuites....
Chastes religieux, en France pourchassés,
Et de maint procureur subissant les poursuites,
S'acheminant par là vers d'autres horizons,
Priant, chantant, poussant au Ciel des oraisons.
Quelqu'un de nos prélats, comme autrefois Moïse
Guidera saintement cet Exode nouveau
Vers les bords fortunés d'une Terre Promise.

Quel coup pour les méchants... Quel effroi, cher troupeau !
Eperdus, convertis à l'aspect du miracle,
Voyez les suppliants se jeter dans nos bras.
Oui, bientôt, nous aurons ce glorieux spectacle :
Oui bientôt, France impie, aux autels tu courras.

LE ROUGE (*murmurant et s'en allant*)

Sermonneur en mots creux sur des calembredaines,

Pour abêtir les gens, c'est prendre trop de peines.
Descends, viens dans la rue où chacun peut parler :
Là contre tes saints trucs je délierai ma langue.

SCÈNE IV

LE MÊME ROUGE, LA FOULE, DES BLEUS

LE ROUGE (*parlant à pleine voix*)

Nous ne voulons plus d'eux, ils peuvent s'en aller....

UN BLEU (*en cravate blanche*)

Que dit ce grand braillard ?... Ecoutons sa harangue.

LE ROUGE (*continuant*)

Imposteurs, charlatans... tout chez eux n'est que fable.
Comment affublent-ils ce principe ineffable,
L'auteur de l'univers ? Leur audace confond !
A leur gré se présente et parle l'Invisible,
Et fait, lui qui peut tout, l'absurde, l'impossible !
Les rusés, les menteurs... savent bien ce qu'ils font :
Fourvoyer nos esprits, nous tenir en démence.
C'est pour eux grand profit, c'est richesse et puissance.
Leurs biens.... qui les produit ? Ne sont-ce pas nos bras ?
Qu'avons-nous en retour ? hébêtement, misère !
Pauvre peuple ignorant !... Moins privé de lumière,
Il eût vu qui causait ses cruels embarras,
Et de crier bien fort il eût eu le courage :
« Je veux, moi, de mes gains qu'on m'admette au partage »,
« Et quant aux autres parts, j'en contrôle l'emploi ».
Il eût vu que bâtir de hautes basiliques,
Que vendre des obits, qu'acheter des reliques
  Ne sont pas des marchés bien venus dans la loi ;
Que pain bénit, serpents, chants latins, son des cloches,
Luminaires complets, allumés en plein jour
Chœurs richement ornés, avec saints tout autour,
Entraînent de grands frais qui vident bien des poches.
« Pourquoi, se fût-il dit, pourquoi tout ce fracas,
« Ces frais dont le total est incommensurable,
« Frais croissants, incessants ? Où vit l'homme capable

» De compter jusque-là ? Quel cas d'ailleurs, quel cas
» L'être infini fait-il de ces parades vaines,
» Qui m'ont coûté cent fois tout le sang de mes veines ?
» Sur moi, pour mon bonheur, se fût-il dit encor,
» Si ces amas de biens, si ces montagnes d'or,
» Dans l'inutilité pour jamais englouties,
» Eussent été sagement et toujours réparties,
» J'aurais bon toit, bon lit et propre vêtement,
» En cave un tonnelet, la table assez pourvue,
» Aux murs quelques portraits, un buste bien en vue,
» Des enfants bien nourris, élevés gentiment,
» Et l'épouse dirait : C'est mon appartement,
» Et toi mon paradis, ô France, ma patrie.

LA FOULE

Bravo ! très-bien, bravo !

LA CRAVATE (*à voix basse*)

Sot peuple souverain,
Comprend-il ce qu'on dit, et sait-il ce qu'il crie ?

LE ROUGE (*achevant*)

Peuple, de ce beau jour se lève enfin l'aurore.
Déjà tu sais, tu vois, ton progrès va bon train ;
Le savoir mène au bien : apprends, apprends encore :
Pour ton salut jamais ne t'arrête en chemin.
Libre, tu fais ta loi, de ton sort tu disposes.
Tu souffris de la faim, tu connus les haillons :
Planteur, tu fus mordu par tous les aiguillons :
Tes enfants cueilleront et les fruits et les roses.

LA FOULE

Bravo ! très bien le Rouge !

LA CRAVATE

Eh ! Monsieur l'orateur,
Vous voilà satisfait.... la foule vous acclame !
Moi, contre son verdict hautement je réclame,
Et contre vos excès me porte accusateur.

LE ROUGE (*un peu interdit*)

Eh ! que n'ai-je, Monsieur, l'honneur de vous connaître....
Sévère est votre abord, mais calme je veux être.

LA CRAVATE

Imprudent, vous mentez à ce peuple !... A ses yeux
Vous ne faites briller, que mirages, chimères,
Le poussant au mépris du culte de ses pères.
Craignez les châtiments que préparent les cieux.

LE ROUGE

Nous ?... De la vérité nous sommes les apôtres ;
Le mensonge et l'erreur son prêchés par les vôtres.

LA CRAVATE (*continuant*)

Si par des gens de poids, par des hommes bien nés,
Comme dans le bon temps nous étions gouvernés :
Ministres du Très-Haut, insultés dans la rue,
Sainte Religion qu'aujourd'hui l'on conspue,
Pour vous n'auraient point lui ces lamentables jours
D'affronts immérités, de cruelles alarmes !...

LE ROUGE (*s'adressant au public*)

Si d'eux on ne craignait de gros et vilains tours,
Si n'étaient Mac-Mahon, Seize Mai, leurs amours,
Leurs plaintives clameurs arracheraient des larmes.
Veut-on échantillon de leur habileté ?
« Pour s'attirer l'appui d'une secte puissante,
« Ils font fumer l'encens devant l'Absurdité,
« Et veulent que l'on croie à leur Divinité
« Leur nom, le savez-vous ? C'est classe dirigeante.
« En rêve ils voient le Roi, les splendeurs de la Cour,
« Les hautes fonctions, les croix, les ambassades,
« Et d'un Nonce Romain les saintes accolades....
« Quand donc leur reviendra ce beau, cet heureux jour ?

LA FOULE

Jamais !... Pour eux, bon soir... Vive la liberté !

LE ROUGE (*tournant le dos à la cravate*)

D'Orléans, gros Crésus, quêteur de royauté,
Avec ton attirail, ta cargaison de princes,
Tu seras bien adroit si deux fois tu nous pinces.

UN BLEU (*portant moustaches en crocs*)

Vive Napoléon !... Sous lui tout marchait bien ;
Ni luttes de partis, ni discorde civile ;

De l'ordre un bras solide assurait le maintien ;
Tout se montrait prospère, aux champs comme à la ville ;
Sous l'Empire...: On vivait... on reposait sur l'or.

UN ROUGE *(un peu railleur)*

Etes-vous pour Jérôme ? Etes-vous pour Victor ?

UN AUTRE ROUGE *(plus railleur encore)*

Un Empereur.... oui-dà.... C'est une Providence....
Même s'il n'est sacré par la grâce de Dieu.
De tout événement il a la prescience ;
Au gré du laboureur il fait, en temps et lieu,
La pluie ou le soleil.... Prenons Plon-Plon ! morbleu !
Sans lui plus rien ne pousse et ne mûrit en France....

UN AUTRE ROUGE *(plus humain)*

Commandant de sa garde ou chef de ses mouchards,
A l'aise vous mordrez dans nos gros milliards,
Allez ! je le vois bien, il vous manque une place.

LA MOUSTACHE *(fort décontenancé)*

Fi ! d'un gouvernement dont chacun veut tâter....

UN ROUGE *(interrompant)*

Dame ! rouler sur l'or.... C'est fait pour vous tenter....

LA MOUSTACHE *(continuant)*

» Où dignités, pouvoirs.... de mains en mains, tout passe,
» Fi ! du hideux gâchis !....

UN ROUGE

Tout pour vous, rien pour moi....
Vous êtes généreux, fraternel, par ma foi !

LA MOUSTACHE *(trop vantarde)*

De la France, on le sait, nous tenons à la gloire.
Nous sommes gens d'honneur, pour nous l'honneur est tout.
Par vous la France court au mépris de l'histoire.

UN ROUGE *(presque en colère)*

C'est là ce que vos gens vont clabaudant partout :
De vos hommes de bien on connaît le mérite :
De leurs rares vertus on vante le trésor.
Eternisant leurs noms la France leur édite
Un grand et beau volume, un second Livre-d'Or :
Que de sublimités là nous sont enseignées !
Revenez et régnez, héros du coup d'Etat !

Nos budgets trop replets ont besoin de saignées :
Vous pratiquiez cet art sous votre potentat,
Revenez.... Dieu le veut.... même la voix publique.
A Cayenne !.... Vous tous, hideux Républicains,
Gens de peu, gens de corde, invétérés coquins !
France, tu reverras les gloires du Mexique,
Les gloires de Sedan... A bas ! la République !
Gens d'honneur, triomphez... Votre aigle reviendra.
   O contraste étonnant ! L'histoire en parlera :
Dans les bras de ces gens qu'on jette à la voirie,
Vint se jeter Monsieur de la Fauconnerie....
Espérons qu'au bercail bien vite il rentrera.

LE ROUGE (*terminant*)

Citoyens --- Blancs, Bleus, Noirs --- sont gens de pacotille ;
Donnons-leur un livret avec cette apostille :
   Rien de bon à tirer de ces ouvriers-là.
Un bon gouvernement, c'est notre République,
De nous elle est sortie ; aimons et servons-la.
Qu'à remplir ses devoirs chacun de nous s'applique ;
Et forts de nos vertus sans rite catholique,
Sans rite, quel qu'il soit, en prose ou bien en vers
Louons le vrai, le bon, le Dieu de l'Univers.

G. DESCOTTES.

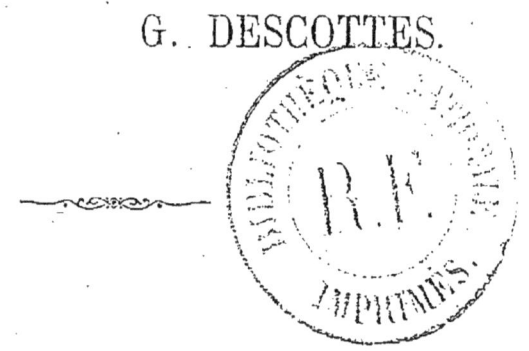

REPUBLIQUE FRANÇAISE

www.ingramcontent.com/pod-product-compliance
Lightning Source LLC
Chambersburg PA
CBHW061427170626
46811CB00005B/2160